HIPPOLYTE RODRIGUES

PHILIPPE II

Scénario & Prose

« *Seras-tu dieu, table ou cuvette ?* »
LAFONTAINE.

FÉVRIER 1890

PHILIPPE II

En 1537 Philippe II remit en vigueur une ordonnance en vertu de laquelle les délateurs seraient récompensés avec les biens de leurs victimes.

« Le simple soupçon d'appartenir au judaïsme ou à l'islam, de favoriser leurs adeptes, de se livrer à la divination ou à la sorcellerie, d'avoir offensé un familier du saint-office, donnèrent matière à des procès interminables. » (*Encyclopédie des Sciences religieuses*. t. VI, p. 747, art. INQUISITION.)

HIPPOLYTE RODRIGUES

PHILIPPE II

Scénario & Prose

« *Seras-tu dieu, table ou cuvette ?* »
LAFONTAINE.

FÉVRIER 1890

PRÉFACE

En mai 1889, après avoir terminé et publié la seconde édition de Charles IX, *je fus préoccupé de l'idée de tirer de l'histoire de Philippe II un sujet de tragédie (genre* Hernani*), puis ensuite un drame lyrique.*

Mais à peine le scénario était-il préparé (1er jet, succession des idées) et exposé en prose non revue, la maladie me frappa, et pendant six mois aucun travail ne me fut possible.

Aujourd'hui (février 1890) reprenant ma vie intellectuelle, ce libretto me paraît tellement favorable à la composition musicale que je ne le travaille que sous cette forme.

Dans ce second travail le sujet est sur pied, mais la forme reste à peine ébauchée, la prose est mêlée de vers informes et sa régularisation doit être le sujet d'un troisième travail.

En outre, acte premier, scène IV, Farnèse avant

de parler de Galilée pourrait avoir rencontré Shakspeare en Angleterre chez le comte de Southampton, puis Montaigne, Brantôme, Rabelais et Ronsard en France, puis le roi de Navarre et Sully.

Puis enfin en Italie, Torquato Tasso pendant l'insuccès de l'apparition de la Jérusalem délivrée. *Puis enfin Galilée.*

Au troisième acte — Jersey — Scène IV la passion contenue d'abord de Marie et de Farnèse doit être développée successivement jusqu'à son extrême intensité, jusqu'au délire.

Peut-être aussi, serait-il mieux que Marthe ait empêché sa fille de se déchirer le visage.

PERSONNAGES

PHILIPPE II.

LA PRINCESSE MARIA, cousine du Roy.

ALEXANDRE FARNÈSE, neveu du Roy.

FERNAND VALDÈS, inquisiteur.

LE DUC DE MÉDINA, grand amiral.

PEBLO, chef militaire de la maison de la princesse.

DAME MARTHE, gouvernante de la princesse.

PAQUITA, sa fille.

FRÈRE IGNACE, familier du saint-office.

HADGY, capitaine levantin.

La scène se passe en 1587 — 1er acte et 2e acte à Valladolid: 3e acte à Bordeaux et à Jersey; 4e à Madrid; 5e à l'Escurial, près Madrid.

PHILIPPE II

ACTE PREMIER

PREMIER TABLEAU

LA TERREUR

SCÈNE PREMIÈRE

Les jardins de la princesse Maria. — Valse avec chœur.

C'est la fête de la princesse,
Dansons, valsons, plus de tristesse,
Pour oublier il faut valser,
Il faut chanter, il faut danser,
Que ne peut-on toujours valser !

MARIA, impatiente et distraite.

Peblo ne revient pas, je tremble.

PEBLO.

Son Altesse
Arrive à l'instant même, et sans tarder, princesse,
Il se rend près de vous.

LA PRINCESSE.

C'est bien. (Aux valseurs.) Continuez.
Au milieu d'une valse on est moins observé.
(Reprise de la valse avec chœur. — Entrée de Farnèse.)

FARNÈSE, à la princesse.

Ce voyage fait pour vous plaire
N'était pas beaucoup de mon goût,
Vous l'avez trouvé nécessaire
Et vous obéir est si doux!
Mais il me fut dit par un sage,
Qui du monde avait fait le tour,
Que le plus beau jour d'un voyage
Est toujours le jour du retour.
Je suis de son avis, surtout,
Princesse, lorsqu'il doit se passer près de vous.

MARIA.

Alors, vous me donnez toute votre journée?

FARNÈSE.

Avec bonheur, princesse. Et puis dans la soirée...

MARIA.

Vous me raconterez en détail...
(On entend frapper avec violence. Effroi général.)
Quel effroi!...
Qu'avez vous donc? parlez. Qui frappe ainsi chez moi?

TOUS.

Quel bruit! quelle rumeur! O ciel, le saint-office!

(Les familiers entrent rapidement suivis par Valdès et par Ignace.)

VALDÈS.

Que personne ne sorte et que chacun fléchisse.
Saisissez Cordova et saisissez Gomès
Et saisissez aussi le professeur Lopès.

(Les familiers s'emparent des dénoncés.)

MARIA, retenant Farnèse.

Ne vous en mêlez pas, mon ami, croyez-moi.

FARNÈSE, se retournant vers Peblo.

Mais, enfin, qu'ont-ils fait? Peblo, dites pourquoi.

PEBLO, à part à Farnèse en désignant Cordova.

C'est un banquier très riche, et son accusateur
Partagera ses biens avec l'inquisiteur.

(Désignant Gomès.)

Sa femme est convoitée et de grande beauté;

(Désignant Lopès.)

Lopès sur tous sujets cherche la vérité.

MARIA à VALDÈS.

Ne puis-je intercéder, monseigneur, pour mes hôtes?
Et pourrais-je savoir au moins pour quelles fautes?

VALDÈS.

Tout mortel accusé sera jugé, princesse,
Mais, par égard pour Votre Altesse,
L'on fera ce que l'on pourra
Sans être toutefois capable de faiblesse.

FARNÈSE.

En quel temps vivons-nous!

(Les familiers entraînent les accusés et sortent ainsi que Valdès.)

TOUS, à *mezza voce*.

Seigneur, en quel temps vivons-nous!
Oh! Seigneur, où donc êtes-vous?
Tout gémit sous le saint-office,
Pour l'innocent plus de justice:
Nul n'est à l'abri d'une erreur,
Nul à l'abri d'une imposture.
Le plus vil calomniateur
Est écouté par la questure.
Seigneur, en quel temps vivons-nous!
Oh! Seigneur, où donc êtes-vous?

FIN DU PREMIER TABLEAU.

SECOND TABLEAU

LE FAMILIER DU SAINT-OFFICE

Petit salon de la princesse Maria, porte à droite et à gauche. — Au fond, balcon avec tente élégante, fenêtre et console couverte de fleurs.

SCÈNE PREMIÈRE

DAME MARTHE, PEBLO, PAQUITA.

PEBLO.

Dame Marthe, la princesse recevra dans ce salon, en audience particulière, monseigneur de Farnèse.

DAME MARTHE.

Elle est mieux, n'est-ce pas?

PEBLO.

Encore un peu souffrante. Placez le canapé de cette façon, près du balcon, le paravent derrière la tête, le canapé là, en long. (Les pieds du canapé faisant à peu près face au public. — Prenant dame Marthe à part pendant que Paquita achève l'installation du canapé.) Ah! dame Marthe, quel admirable trésor que votre fille.

DAME MARTHE.

Vous trouvez? eh bien, vous êtes le chef militaire de la maison de la princesse, vous possédez toute sa confiance, demandez-moi sa main.

PEBLO.

Impossible! elle est trop belle, voyez quel charme, quelle grâce inconsciente, quel air naïf et spirituel à la fois. Oh! non.

DAME MARTHE.

Alors, vous trouvez la mariée trop belle.

PEBLO, en confidence.

Oui!... Si elle était seulement un peu laide, un peu mal tournée, un peu déplaisante enfin (avec passion), dame Marthe, je vous la demanderais à deux genoux.

DAME MARTHE.

Je comprends : vous redoutez le sort de Ramirez; vous avez peur.

PEBLO.

Peur! vous savez bien, dame Marthe, que personne n'a jamais fait peur au capitaine Peblo, mais le saint-office, l'interrogatoire, la torture, le cachot noir et fétide, qui donc pourrait braver en Espagne la terreur inspirée par cet enfer?

DAME MARTHE.

Comme il vous plaira, capitaine.

PEBLO, regardant Paquita.

Ah! dame Marthe, que je suis malheureux!

DAME MARTHE.

Laissez donc, si vous étiez réellement amoureux, vous ne raisonneriez pas.

PEBLO.

Non, dame Marthe, Ramirez n'est pas un raisonnement, c'est un fait. Au revoir, Paquita. (Il sort.)

SCÈNE II

DAME MARTHE, PAQUITA.

PAQUITA.

Comme il est distingué, le capitaine, et quelle physionomie douce et fière à la fois!

DAME MARTHE.

Peuh!!!

PAQUITA.

Mais que parlait-il de Ramirez et qu'est-ce donc que Ramirez?

DAME MARTHE.

Tu ne comprendrais pas, tu es trop jeune.

PAQUITA.

Dites, dites toujours.

DAME MARTHE.

Il n'y a personne sur le balcon?

PAQUITA, après avoir regardé.

Personne.

DAME MARTHE.

Et derrière ce paravent, et sous ce canapé.

PAQUITA.

Personne.

DAME MARTHE.

Et... tu ne répéteras rien de ce que je vais te confier, et si l'on t'en parle tu l'auras ignoré.

PAQUITA.

Oui, mère, je sais trop en quel temps nous vivons.

DAME MARTHE.

Eh bien, la femme de Ramirez était remarquablement belle. Un jour Ramirez, sous un prétexte quelconque, fut arrêté et conduit en prison. Sa femme intercéda, on lui promit alors sa grâce, à certaine condition. Après avoir refusé, elle accepta; il y a deux ans de cela, et Ramirez est toujours dans les prisons du saint-office.

PAQUITA.

Eh bien..., après..., je ne comprends pas.

DAME MARTHE.

Tant mieux, ma fille, et n'essaye pas...

PAQUITA.

C'est difficile, mère, et il est dur de ne pouvoir causer familièrement avec personne.

DAME MARTHE.

Prends bien garde, ma fille, une parole légèrement dite, ou même rapportée sans attention et sans intention expose aussitôt à des accusations incessantes et à des tourments sans nombre. On ne bavarde plus en Espagne maintenant, les paroles se payent trop cher. On n'est plus curieux à Valladolid. Il faut être ou paraître indifférent de tout, et sur toute chose, il ne faut rien savoir de ce qui se passe, et si l'on vous en parle, il faut avoir l'air de ne pas comprendre. La vanité, la vanité elle-même a disparu. L'argent que l'on possède est devenu un danger, il faut le cacher, les délateurs sont récompensés avec les biens de leurs victimes. La science se dissimule et ne s'étale ni ne se professe plus, elle est considérée comme hostile à la foi. La terreur est partout, et quiconque se laisse entraîner à offenser un familier du saint-office est irrémédiablement perdu. Le moins qu'il puisse lui arriver est d'être dépouillé de tous ses biens [1], aussi les familiers entrent d'autorité dans toutes les maisons, et, depuis que je te parle, je tiens les yeux fixés sur cette porte, redoutant toujours qu'elle ne s'ouvre, et qu'un inquisiteur menaçant ne m'apparaisse aussitôt.

(La porte s'ouvre, Valdès paraît, suivi par Ignace.)

SCÈNE III

LES MÊMES, VALDÈS, FRÈRE IGNACE.

VALDÈS, à Paquita.

Sortez, (A dame Marthe.) restez.

(Ignace regarde Paquita et s'extasie sur elle. Paquita sort. — Ignace s'agenouille au fond de la scène et lit son bréviaire.)

VALDÈS.

Faites votre confession.

DAME MARTHE, à genoux.

Questionnez-moi, mon père.

(1) Voir *Dict. des Sciences religieuses*, t. VI, p. 717.

VALDÈS.

Avez-vous régulièrement accompli vos devoirs religieux?

DAME MARTHE.

Oui, mon père.

VALDÈS.

Et nul ne s'en est dispensé dans la maison de la princesse?

DAME MARTHE.

Non, mon père, nous avons tous appris par vous que le salut de nos âmes est l'essentiel de la vie, et que le reste n'en est que le détail.

VALDÈS.

Très bien. Que pensez-vous de l'intimité qui existe entre la princesse et monseigneur Farnèse.

DAME MARTHE.

Qu'elle est irréprochable, s'il en était autrement, la princesse aurait-elle engagé son cousin monseigneur Farnèse à entreprendre un voyage de deux années en Europe, voyage dont il n'est revenu que ce matin?

VALDÈS.

La princesse reçoit en ce moment le prince Farnèse?

DAME MARTHE.

Oui, mon père, puis après dîner elle le recevra dans ce salon en audience particulière, afin d'entendre le récit de son voyage.

VALDÈS.

C'est bien, relevez-vous; je ne veux pas déranger leur entretien. Inutile de parler de ma visite. Allez.

(Marthe sort, Valdès désigne à Ignace le paravent et le canapé, puis il sort. — Le familier regarde le balcon, le paravent, le dessous du canapé, il ôte sa robe afin de ne pas la salir, il entend venir, et il disparaît derrière le paravent.)

SCÈNE IV

LA PRINCESSE MARIA, FARNÈSE,

FRÈRE IGNACE, caché.

(La princesse entre au bras de Farnèse ; elle se place à demi étendue sur le canapé. Farnèse s'asseoit sur le fauteuil préparé en face d'elle, le dos à moitié incliné du côté du public.)

FARNÈSE.

Chère Marie, désireux de devenir utile à mon Roy et à mon pays, encouragé par vous, j'ai entrepris, il y a deux ans, une tournée en Europe et me suis mis en rapport avec la plupart des ministres, des diplomates, des artistes et des savants de notre époque.

LA PRINCESSE MARIA.

Et quels sont les personnages qui vous ont le plus intéressé.

FARNÈSE.

Le plus savant, le plus extraordinaire de tous, princesse, est un jeune homme de vingt-trois ans, un professeur de mathématiques, il s'appelle Galilée. (Ici la tête d'Ignace ressort de dessous le canapé et il s'appuie sur son coude afin de mieux entendre.) Il prétend prouver scientifiquement que le soleil est le centre du monde, qu'il est stable et que c'est la terre qui tourne autour du soleil.

LA PRINCESSE MARIA.

Quoi! le ciel ne serait pas immobile au-dessus de nous?

FARNÈSE.

Il n'y a pas de ciel, m'a-t-il dit, il n'y a qu'un espace incommensurable au milieu duquel gravitent les étoiles qui sont des mondes pareils au nôtre.

LA PRINCESSE MARIA.

Mais il ne vous a pas convaincu, n'est-ce pas?

FARNÈSE.

Princesse, il m'a tout au moins illuminé.

LA PRINCESSE MARIA.

Prenez garde Farnèse, la preuve, s'il parvenait à la démontrer, serait un démenti donné aux saintes

Écritures il serait certainement alors poursuivi pour avoir voulu répandre une hérésie et l'on pourrait vous accuser d'être son complice.

FARNÈSE.

Rassurez-vous princesse, la religion ne luttera pas contre un fait prouvé, elle est trop intelligente pour ne pas déclarer aussitôt que certains passages doivent être interprétés de telle sorte, ou bien qu'un miracle vient de se manifester... (A ce moment, Ignace fait un faux mouvement entendu par Farnèse qui se retourne et l'aperçoit. — Farnèse se lève en colère.) Qui êtes-vous et que faites-vous là, misérable? Misérable!

(Le familier se relève tranquillement et regarde Farnèse.)

FARNÈSE.

Rendez grâce à la présence de la princesse qui m'empêche de vous châtier comme vous le méritez.

(Le familier regarde méchamment Farnèse.)

FARNÈSE.

Allez-vous-en donc, allez continuer ailleurs votre ignoble métier.

(Ici le familier remet sa robe, la montre à Farnèse d'un air de menace et sort.)

SCÈNE V

FARNÈSE, LA PRINCESSE MARIA.

LA PRINCESSE MARIA.

Cet homme est un familier du saint-office et je crains que vous ayez été un peu trop vif.

FARNÈSE.

Il me semble au contraire, princesse, que j'ai été plus doux qu'il ne fallait vis-à-vis de cette insolence.

LA PRINCESSE MARIA.

Il y a deux années, Farnèse, que vous avez quitté l'Espagne et depuis lors le saint-office a conquis une autorité égale, si ce n'est supérieure, à l'autorité royale: chacun tremble maintenant devant lui, tous les pouvoirs sont dans ses mains et le Roy lui-même, sans s'en rendre compte, obéit à ses suggestions; on en est arrivé à faire admettre qu'insulter un familier du saint-office est un crime pareil à celui de l'exercice de la sorcellerie ou du judaïsme.

Nous venons de nous faire un ennemi terrible, peut-être une démarche immédiate serait-elle nécessaire?

FARNÈSE.

Non, il faut prévenir le Roy et l'engager à ressaisir son autorité.

LA PRINCESSE MARIA.

Le Roy est sous le charme, il faut agir auprès du saint-office, croyez-moi.

(Entre Peblo.)

SCÈNE VI

LES MÊMES, PEBLO.

PEBLO.

Princesse, le saint-office exige que je prévienne, en votre présence, monseigneur Farnèse qu'il est mandé au tribunal de l'Inquisition et qu'il faut qu'il soit livré sans résistance.

LA PRINCESSE MARIA.

Jamais, vous vous feriez tuer, Farnèse. Vous braveriez les tortures et vous y succomberiez. Peblo, faites entrer le chef des familiers et assistez avec tous vos gardes à notre réception. (Peblo sort.) C'est moi qui seule dois agir et refuser de vous livrer.

SCÈNE VII

LES MÊMES, VALDÈS, PEBLO, FRÈRE IGNACE, FAMILIERS, GARDES.

(Le familier désigne Farnèse.)

VALDÈS.

Princesse, je remplis un pénible devoir, le prince vient d'être dénoncé au saint-office, il faut qu'il se disculpe à l'instant même.

LA PRINCESSE MARIA.

La famille royale n'est justiciable que du Roy. Nous nous rendons chez lui, suivez-nous, monsieur le vicaire, ainsi que votre accusateur.

VALDÈS.

Depuis l'édit de famille, une ordonnance nous a enjoint de rechercher, de découvrir et de punir toutes les atteintes à la foi catholique.

LA PRINCESSE MARIA.

L'édit est toujours en vigueur, il n'a pas été dénoncé, en tous cas. J'en appelle au Roy.

VALDÈS.

Prince, vous allez nous suivre et malheur à qui s'opposerait à votre arrestation. (A Ignace.) Faites entrer les familiers.

LA PRINCESSE MARIA.

Je le défends absolument, j'assume sur moi, princesse du sang royal, la responsabilité de cet ordre, (A Peblo.) et je vous ordonne d'opposer la force à la force. (A Valdès.) Suivez-nous, si cela vous convient, monseigneur, (A Ignace.) et vous aussi.

(Elle prend le bras du prince et sort avec lui, suivie par toute la maison militaire. — Le familier lève les bras au ciel.)

VALDÈS.

Voilà qui pourra vous coûter cher, princesse.

FIN DU PREMIER ACTE.

ACTE DEUXIÈME

Cabinet de Philippe II au rez-de-chaussée. — Au fond grande cour avec tente espagnole. — Portes à droite et à gauche. — Bureau à droite, table à gauche.

SCÈNE PREMIÈRE

PHILIPPE II, LE DUC DE MÉDINA.

PHILIPPE II.

Amiral, la flotte que vous commanderez sera la plus puissante qui jamais aura été réunie. Je veux que l'histoire ne la désigne que sous le nom de l'Invincible Armada.

LE DUC DE MÉDINA.

Je m'efforcerai, sire, de me rendre digne de l'honneur que vous avez bien voulu me faire; je pars cette nuit pour Lisbonne, afin d'explorer les côtes de

France et d'Angleterre. Votre Majesté m'a fait savoir que le prétexte de cette promenade serait un voyage de la princesse Maria.

PHILIPPE II.

Oui, monsieur le duc, et je vais l'avertir de mon intention. (Il frappe un timbre, un huissier se présente.) Priez la princesse Maria de se rendre de suite au palais pour affaire urgente.

L'HUISSIER.

La princesse Maria vient d'arriver dans le salon qui précède, accompagnée de plusieurs personnes.

PHILIPPE II.

Priez-la d'entrer seule.

LE DUC DE MÉDINA.

Il suffira que la princesse soit rendue dans dix jours à Bordeaux, je la conduirai lentement en Angleterre. J'irai la reprendre et je ferai ainsi quatre trajets fort utiles à la réussite des desseins de Votre Majesté.

(Entre la princesse Maria.)

SCÈNE II

LE ROY, LA PRINCESSE MARIA, LE DUC DE MÉDINA.

PHILIPPE II.

J'ai besoin de vous, Maria.

LA PRINCESSE MARIA.

Tant mieux, sire, j'ai aussi besoin de vous.

PHILIPPE II.

Vous ne me refuserez pas?

LA PRINCESSE MARIA.

Non, sire, mais donnant donnant.

PHILIPPE II.

Bien. Que voulez-vous?

LA PRINCESSE MARIA.

Une lettre d'audience en blanc pour demain onze heures.

PHILIPPE II, *prenant sur son bureau une carte et la signant.*

La voilà... Me direz-vous pour qui?

LA PRINCESSE MARIA.

Pour Farnèse.

PHILIPPE II.

Mon neveu? mais il n'en a nul besoin.

LA PRINCESSE MARIA.

Peut-être... Étant chez moi ce soir en audience particulière, il a surpris sous mon canapé un homme qui nous écoutait et il l'a chassé de chez moi de façon fort sévère.

PHILIPPE II.

Il a bien fait.

LA PRINCESSE MARIA.

Oui, mais il s'est trouvé que cet homme appartenait au saint-office, quoiqu'il n'en portât pas la robe au moment où il a été surpris, et cet homme, ce familier, a dénoncé Farnèse afin de se venger.

PHILIPPE II.

C'est ennuyeux.

LA PRINCESSE MARIA.

Et quand on s'est présenté pour s'emparer de Farnèse chez moi, j'ai refusé de le livrer et j'en ai appelé au Roy, lequel a décrété que sa famille n'était justiciable que de lui.

PHILIPPE II.

Et vous m'avez demandé une carte d'audience afin de vous assurer que je resterai le seul juge de ma famille, d'où il va ressortir un conflit entre l'autorité royale et l'autorité du saint-office. C'est plus grave que cela n'en a l'air.

LA PRINCESSE MARIA.

Farnèse est là, voulez-vous l'entendre?

PHILIPPE II.

Pas en ce moment. Il faut que j'en finisse avec l'amiral.

LA PRINCESSE MARIA.

Et maintenant que voulez-vous de moi, sire?

PHILIPPE II.

Que vous vous rendiez en Angleterre de façon officielle et avec tous les honneurs dus à votre rang, et que vous y résidiez un mois au moins.

LA PRINCESSE MARIA.

Quel est le jour que je devrai partir, sire?

PHILIPPE II.

Vous devez être rendue à Bordeaux dans dix jours ; l'amiral vous y prendra.

LA PRINCESSE MARIA.

J'y serai sire.... et vous n'avez rien de plus à me demander.

PHILIPPE II.

Si, Maria... chère Maria... (Se reprenant) mais plus tard. — Je me dois en entier aujourd'hui à mon Invincible Armada.

MARIA, à part.

Il m'a fait peur.

SCÈNE III

LES MÊMES, VALDÈS, IGNACE.

VALDÈS.

Sire, le saint-office a été offensé dans la personne d'un de ses familiers. (Ignace ébloui par la présence du Roy se jette à genoux et fait signe qu'aucun son ne peut sortir de sa bouche.)

VALDÈS.

L'émotion lui coupe la parole. Apprenez donc, sire, que tous les familiers se croyent blessés dans leur honneur et dans leur dignité; la princesse a refusé de livrer le coupable, et ils viennent réclamer la justice qui leur est due. Farnèse est le coupable.

PHILIPPE II.

Quoi, mon propre neveu?

VALDÈS.

Et pour donner satisfaction aux familiers, ordonnez, sire, ordonnez qu'il nous soit tout d'abord livré.

LA PRINCESSE MARIA

Au nom du ciel, sire, il se ferait tuer.

PHILIPPE II.

Faites entrer monseigneur Farnèse, mon neveu.

SCÈNE IV

LES MÊMES, FARNÈSE.

PHILIPPE II.

Farnèse, les familiers se prétendent offensés par vous.

FARNÈSE.

Les familiers ne sont nullement en question, sire, l'homme que j'ai surpris, et que j'ai traité comme il le méritait, ne portait pas le costume respecté des familiers du saint-office.

VALDÈS.

Mais il l'a revêtu avant que de sortir et vous n'avez rien rétracté.

FARNÈSE.

D'abord, il ne m'a rien demandé, ensuite, je m'étais étonné et blessé qu'un soupçon quelconque se soit élevé contre la princesse ou contre moi et qu'un pareil moyen eût été employé contre nous.

VALDÈS.

Comment? vous aspirez au gouvernement de ce pays, vous venez de passer deux années en contact avec tous les hérétiques de l'Europe et vous vous étonnez que nous nous enquérions de l'état de vos opinions et de vos sentiments.

FARNÈSE.

Il fallait me les demander, je vous aurais répondu loyalement. En tout cas, nous ne sommes justiciables que du Roy.

PHILIPPE II.

En voilà assez, je jugerai ce différend quand et comment il me conviendra. Amiral, je suis à vous.

VALDÈS.

Le saint-office ne tardera pas à se représenter devant Votre Majesté, sire.

(Valdès et Ignace sortent.)

SCÈNE V

LE ROY, LE DUC DE MÉDINA, LA PRINCESSE MARIA, FARNÈSE.

PHILIPPE II.

Je ne leur livrerai certainement pas mon neveu. ce serait abdiquer, mais il faudrait couper court à cet incident afin de l'empêcher de s'aggraver. Farnèse, partez à l'instant même avec l'amiral pour Lisbonne, vous accompagnerez la princesse en Angleterre. Quand vous ne serez plus là, on ne me demandera plus de vous livrer. Je gagnerai ainsi du temps et un apaisement. Puis j'arrangerai l'affaire au moyen de quelques concessions de votre part.

(Entre Peblo.)

PEBLO.

Sire, les familiers du saint-office se présentent en masse sous prétexte d'implorer la justice de Votre Majesté, mais en réalité pour se saisir de monseigneur Farnèse quand il sortira du palais.

PHILIPPE II.

C'est bien, j'aviserai. Faites prendre les armes à

ma garde et donnez-lui l'ordre d'entourer le palais. (Peblo sort.) Pendant que les familiers seront introduits ici, Farnèse et Médina sortiront par la cour intérieure.

LE DUC DE MÉDINA.

Mon état-major attend dans cette cour la fin de mon audience et doit nous accompagner jusqu'à Lisbonne, il n'y a donc rien à craindre, sire.

PHILIPPE II.

Adieu donc et au revoir.

(Médina et Farnèse saluent le Roy.)

FARNÈSE, à la princesse Maria.

Dans dix jours à Bordeaux, à l'hôtel des Quinconces.

LA PRINCESSE MARIA.

Dans dix jours à Bordeaux, à l'hôtel des Quinconces.

FARNÈSE et LE DUC DE MÉDINA.

Sire, comptez sur nous partout et toujours.

(Farnèse et Médina sortent par la porte de gauche. — Le Roy frappe un timbre et s'assied en représentation entouré de sa maison militaire. — Les huissiers ouvrent les portes du fond qui se trouvent de plain-pied avec la cour.)

SCÈNE VI

LES MÊMES, LES FAMILIERS.

(Entrée des familiers qui se mettent à genoux devant le Roy.)

LES FAMILIERS.

Sire, nous demandons justice, justice! Livrez-nous le coupable, il faut qu'il soit puni, sinon nous vivrons sans honneur et sans dignité, et nous aurons perdu toute autorité sur vos peuples et l'hérésie triomphera de nous. (Entrée des autorités du saint-office.)

LE SAINT-OFFICE.

Sire, nous appuyons leur trop juste demande : c'est par la terreur seule que nous régnons et que nous répandons sur vos peuples les bienfaits de la foi. Justice! justice! Livrez-nous le coupable afin qu'il soit puni.

PHILIPPE II.

L'honneur du saint-office fait partie de mon honneur; et l'honneur de ma famille fait partie de mon honneur, je saurai maintenir intact l'un et l'autre. Mais la justice ne s'improvise pas, elle se pèse; et, sourde aux supplications et aux impatiences, elle doit se rendre sans acception de personnes. Dès que je la posséderai, à mon heure, vous la connaîtrez; donc, justice sera faite. Retirez-vous.

(On entend une marche guerrière, les gardes arrivent par la cour et s'interposent entre le Roy et le saint-office.)

LES FAMILIERS.

Justice!

LA PRINCESSE MARIA ET FEMMES.

Justice!

PHILIPPE II.

Oui, justice pour tous. Retirez-vous.

FIN DU DEUXIÈME ACTE.

ACTE TROISIÈME

PREMIER TABLEAU

BORDEAUX

Les quinconces de Bordeaux, au fond, la Garonne couverte de vaisseaux. — Grande place avec des arbres de côté. — A droite, grand hôtel des Quinconces. — A gauche, grand hôtel d'Espagne.

SCÈNE PREMIÈRE

IGNACE, LE CAPITAINE LEVANTIN, FAMILIERS.

(Ignace et trois familiers déguisés en marchands du Levant, attablés devant l'hôtel d'Espagne avec le capitaine levantin.)

LE CAPITAINE LEVANTIN.

Alors, il s'agit d'un jeune homme, échappé d'Espagne à Bordeaux, que vous voulez faire enlever par surprise et qu'il faudra vous remettre près de Saint-Sébastien?

PREMIER FAMILIER.

Vous pouvez, nous a-t-on dit, capitaine, nous trouver l'homme qu'il nous faut.

LE CAPITAINE LEVANTIN.

Messieurs, je suis bon à tout faire, tout est une question de prix.

PREMIER FAMILIER.

Soyez tranquille; la famille est riche et elle paye bien. Eh bien! oui, il faudrait appréhender aujourd'hui même un jeune homme de famille, l'empêcher de crier, l'embarquer sur votre bâtiment et nous le livrer à Saint-Sébastien.

LE CAPITAINE LEVANTIN.

J'entends : un rapt.

PREMIER FAMILIER.

Pas tout à fait : un retour forcé.

LE CAPITAINE LEVANTIN.

J'entends : un rapt.

PREMIER FAMILIER.

Mais en douceur.

LE CAPITAINE LEVANTIN.

J'entends : le bâillonner, le ligotter, le jeter à fond de cale et vous le livrer.

PREMIER FAMILIER.

Oui, c'est à peu près ça.

LE CAPITAINE LEVANTIN.

Eh bien! j'ai votre homme, seulement, il est cher, très cher, mais j'en suis sûr, c'est moi.

PREMIER FAMILIER.

Eh bien! que vous faut-il?

LE CAPITAINE LEVANTIN.

Dix mille livres... pour le bâillonner, dix mille pour le ligotter et vingt mille pour le livrer.

PREMIER FAMILIER.

C'est beaucoup: mais nous acceptons, nous sommes pressés.

(Farnèse et le duc de Médina sortent de l'hôtel des Quinconces. — Ignace fait signe au capitaine et lui désigne Farnèse.)

LE DUC DE MÉDINA, à Farnèse.

Eh bien! attendez-moi ici pour le cas où la princesse arriverait avant mon retour. Je veux mettre à la voile cette nuit même. (Il sort.)

LE CAPITAINE LEVANTIN.

Ces gens-là ne sont pas des gens de rien? (Ignace fait signe : grande famille.) Et vous ne craignez pas...?

PREMIER FAMILIER.

Non, tout nous est permis. (Il montre un papier.) Ordre du saint-office.

LE CAPITAINE LEVANTIN.

Comment le saint-office se sert de tels moyens?

PREMIER FAMILIER.

Qu'importe le moyen, c'est le but seul qui compte.

LE CAPITAINE LEVANTIN.

Ce sont absolument mes principes.

PREMIER FAMILIER, avec fierté.

Oui, mais le but...

LE CAPITAINE LEVANTIN.

Le but... Vous voulez tout; moi, l'argent me suffit. Voilà la différence.

PREMIER FAMILIER.

De l'argent en voilà. (Il lui donne une bourse.) Agissez au plus tôt.

LE CAPITAINE LEVANTIN, s'inclinant.

Donc, vous pouvez compter sur moi. Mon bâtiment est amarré près d'ici, et si mes hommes étaient là, le moment serait favorable et ce serait vite fait, mais lorsque le bal des grisettes se transportera sur les fossés, la bonne occasion se présentera et nous saurons la saisir.

(Il sort vivement.)

(Grand ballet. — Entrée des grisettes de Bordeaux, les marins du port, les marins des vaisseaux de toutes les nations avec leurs drapeaux, les soldats, les Bordelais. — Après le ballet tout le monde sort, sauf les familiers qui vont sur le balcon de l'hôtel et Farnèse qui se promène pensif au milieu des arbres des quinconces.)

SCÈNE II

FARNÈSE, LE CAPITAINE LEVANTIN, MARINS.

FARNÈSE.

Elle n'arrive pas, je souffre de l'attendre.
(Le capitaine levantin et ses quatre pirates se faufilent sans bruit, près de Farnèse et saisissent ses bras par derrière. — Farnèse se dégage par

un violent effort et tire son épée.) Arrière ; le premier qui s'avance est mort.

LE CAPITAINE LEVANTIN, tirant son épée.

Il faudra voir.

(Ils entourent Farnèse et s'avancent peu à peu. — Le duc de Médina paraît.)

SCÈNE III

LES MÊMES, LE DUC DE MÉDINA.

LE DUC DE MÉDINA.

Farnèse, un guet-apens !

(Il passe son épée à travers le corps d'un des pirates qui s'enfuit. — Le capitaine levantin et ses gens se réfugient du côté de l'hôtel d'Espagne.)

LE CAPITAINE LEVANTIN, aux pirates.

C'est à recommencer, voilà tout.

(Il s'esquive.)

MÉDINA, aux familiers déguisés en marchands.

Pourquoi n'êtes-vous pas venus à son secours ?

LE FAMILIER.

Nous ne nous mêlons pas des affaires des autres et nous ne voulons pas qu'on se mêle des nôtres.

MÉDINA.

J'entends vous avez peur.

LE FAMILIER.

Parbleu, nous sommes des marchands, vous êtes des soldats, nous débattons des prix et ne nous battons pas.

(Ils s'esquivent.)

LE DUC DE MÉDINA.

Cher Farnèse, la princesse me suit et nous allons partir.

(Entrée de la princesse Maria, en litière, précédée par Peblo et ses gardes, puis Marthe et Paquita sur des mules.)

LA PRINCESSE MARIA.

Farnèse, me voilà, ne nous séparons plus.

(On entend le canon.)

LE DUC DE MÉDINA.

Princesse, il faut partir, les ancres sont levées, le vaisseau se balance, il appelle, partons.

FIN DU PREMIER TABLEAU DU TROISIÈME ACTE.

MÉDINA.

J'entends vous avez peur.

LE FAMILIER.

Parbleu, nous sommes des marchands, vous êtes des soldats, nous débattons des prix et ne nous battons pas.

(Ils s'esquivent.)

LE DUC DE MÉDINA.

Cher Farnèse, la princesse me suit et nous allons partir.

(Entrée de la princesse Maria, en litière, précédée par Peblo et ses gardes, puis Marthe et Paquita sur des mules.)

LA PRINCESSE MARIA.

Farnèse, me voilà, ne nous séparons plus.

(On entend le canon.)

LE DUC DE MÉDINA.

Princesse, il faut partir, les ancres sont levées, le vaisseau se balance, il appelle, partons.

FIN DU PREMIER TABLEAU DU TROISIÈME ACTE.

DÉCOR DU TROISIÈME ACTE (2e Tableau.)

JERSEY

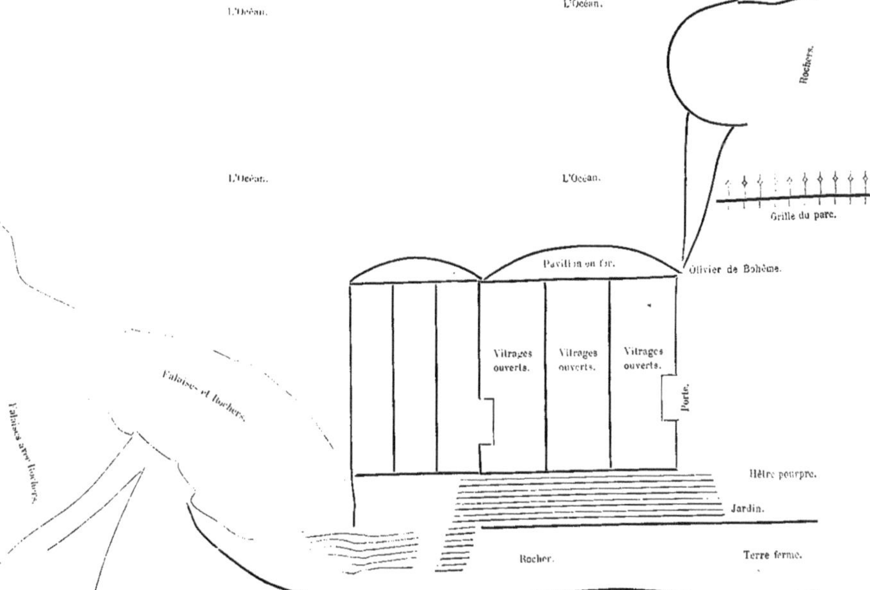

DEUXIÈME TABLEAU

JERSEY

Pavillon vitré situé à la pointe de l'île de Jersey, en face l'Angleterre. — Tente espagnole ; la mer au fond ; les vitrages ouverts laissent voir le paysage maritime. — A droite de l'acteur la falaise et les rochers, à gauche le parc avec arbres exotiques, hêtres pourpres, oliviers de Bohême, grille séparant le parc de la falaise de gauche.

SCÈNE PREMIÈRE

HADGY, IGNACE ET MARCHANDS LEVANTINS sur la falaise.

Introduction :

HADGY et chœur.

Cette nuit, par une surprise,
Nous saurons nous en emparer.
Combinons bien notre entreprise,
Que rien ne puisse l'entraver.

(A Ignace).

C'est bien dit, vous doublez la somme.
Nous serons dix contre un seul homme,
Ce ne sera pas sans danger,
Que nous pourrons le terrasser.
Oui, pour atteindre ce vitrage
Et pénétrer le pavillon,
Des échelles et du courage
Et votre argent nous suffiront.

(On ouvre la porte du pavillon dans le parc.)

On vient, esquivons-nous, partons.

SCÈNE II

DAME MARTHE, PAQUITA, PEBLO.

(Dans l'intérieur d'un pavillon.)

PAQUITA.

Quel merveilleux séjour que l'île de Jersey et comme la princesse est heureuse ici !

PEBLO.

Et monseigneur Farnèse ?

DAME MARTHE.

Allez, ils n'en ont pas pour longtemps, le Roy envoye message sur message à la princesse pour la faire revenir ; la princesse élude et prétend qu'elle ne reviendra que lorsque le saint-office aura reconnu l'innocence du prince.

PAQUITA.

Eh bien, alors?

DAME MARTHE.

Alors comme le Roy veut bien ce qu'il veut, il va se fâcher et ordonner le retour immédiat.

PEBLO.

C'est une supposition.

DAME MARTHE.

Non, c'est une conséquence.

PEBLO.

Mais ils s'aiment, dame Marthe, ils s'adorent et la fièvre d'amour renverse les obstacles.

DAME MARTHE.

Vous croyez? Eh bien, pourquoi ne vous épousez-vous pas tous deux? N'avez-vous pas aussi la fièvre d'amour?

PAQUITA.

Le capitaine m'a juré qu'il n'épouserait jamais que moi et qu'il m'épouserait aussitôt que je serai moins bien que je ne suis.

DAME MARTHE.

Des chansons!

PEBLO.

Non, dame Marthe, je n'ai qu'une parole.

PAQUITA.

Et tous les soirs je prie le bon Dieu de me rendre un peu laide, pas beaucoup, mais assez, et comme je suis une honnête fille je serai exaucée, c'est sûr.

DAME MARTHE.

Allons donc! de mon temps... mais vous me feriez dire quelque sottise.

PEBLO.

Regardez donc, dame Marthe, voilà la princesse qui revient de sa promenade sur la falaise. Comme elle est pâle...

(La princesse et Farnèse entrent par la porte du fond.)

SCÈNE III

LES MÊMES, LA PRINCESSE MARIA, FARNÈSE.

FARNÈSE.

Vous vous êtes subitement troublée, princesse.

LA PRINCESSE MARIA.

Oui, c'est une frayeur qui m'a passé par la tête

et qui m'a émotionnée à un point que je ne puis dire...

FARNÈSE.

Essayez de vous reposer, je vous en prie.

(Dame Marthe, Paquita et Peblo sortent.)

LA PRINCESSE MARIA.

Ne me quittez pas, Farnèse.

SCÈNE IV

LA PRINCESSE MARIA, FARNÈSE.

FARNÈSE.

Une frayeur ?

LA PRINCESSE MARIA.

Une frayeur mortelle.

FARNÈSE.

Relative à l'ordre de retourner en Espagne, auquel vous avez répondu que le climat de Jersey était indispensable à votre santé au moins pendant un mois encore ?

LA PRINCESSE MARIA.

Oui, et je connais le roy Philippe II, implacable dans ses volontés et capable de toutes les violences.

FARNÈSE.

Eh bien, il nous faudra bien obéir alors...

LA PRINCESSE MARIA.

Mais vous ne comprenez donc pas que je ne peux plus vous quitter, Farnèse!

FARNÈSE.

Alors... vous m'aimez comme je vous aime, et depuis deux mois cet aveu nous brûlait et nous étouffait tous les deux.

LA PRINCESSE MARIA.

Non, Farnèse, pas depuis deux mois, depuis que je me connais et que je vous ai compris.

FARNÈSE.

Alors, Maria, chère Maria, jurons de vivre et de mourir l'un pour l'autre. Jurons que la mort ellemême ne pourra nous séparer.

LA PRINCESSE MARIA.

Oui, Farnèse, sans toi la vie deviendrait un supplice et la mort une délivrance!

FARNÈSE.

Eh bien, il nous faut d'abord en écrire au Roy, et lui demander l'autorisation de nous unir.

LA PRINCESSE MARIA.

Mais tu n'as donc pas remarqué cette terrible phrase de sa lettre. (Elle lit.)
« Votre présence est maintenant indispensable près de moi, dans l'intérêt de ma politique et peut-être aussi dans un intérêt plus puissant encore. »

FARNÈSE.

Il n'y a donc pas un instant à perdre. Maria, il faut que notre union soit bénie dès ce soir. Nous demanderons après au Roy son autorisation. Il se fâchera d'abord, puis il pardonnera devant le fait accompli.

LA PRINCESSE MARIA.

Farnèse, j'y consens. Armée de ton amour je n'ai plus peur de rien.

(Farnèse frappe sur un timbre. Dame Marthe, Paquita et Peblo entrent.)

FARNÈSE.

La princesse consent à me donner sa main. Peblo, envoyez chercher le révérend Nicolas, (A Marthe.) et vous, préparez tout. La cérémonie aura lieu à minuit ce soir. Venez, chère Maria.

PAQUITA, à Peblo.

Ils sont heureux, n'est-ce pas?

PEBLO.

Oui, bien heureux.

PAQUITA.

Ils ne seront pas les seuls. Attends-moi.

(Elle sort.)

DAME MARTHE.

Ma fille, ma fille !

(Elle sort.)

PEBLO.

Que veut-elle dire? Ah je ne peux plus résister à la tendresse qu'elle m'inspire, et le prêtre bénira aussi notre union dès ce soir.

(On entend le canon, puis une marche militaire. — Le duc de Médina, et ses soldats de marine arrivent par le jardin.)

SCÈNE V

LE DUC DE MÉDINA, FRÈRE IGNACE, LA PRINCESSE MARIA, FARNÈSE.

LE DUC DE MÉDINA salue d'abord la princesse.

Princesse, il faut me suivre, voici l'ordre du Roy. (Il lit.) « Aussitôt arrivé à Jersey vous embarquerez immédiatement, *de gré ou de force*, la princesse Maria et vous la conduirez à Madrid. »

LA PRINCESSE MARIA.

C'est dur et le Roy ne m'avait pas habituée à de pareils procédés ; mais enfin, m'accordez-vous une heure pour donner mes instructions ?

LE DUC DE MÉDINA.

Princesse, la consigne est formelle et n'autorise aucun délai. Veuillez me donner le bras, je vous prie.

LA PRINCESSE MARIA.

Eh bien, amiral, ce ne sera du moins pas de mon gré, si je pars avec vous.

LE DUC DE MÉDINA.

De gré ou de force, dit la consigne.

FARNÈSE.

Amiral, je vous prie. — Maria, obéissez, croyez-moi, c'est auprès du Roy seulement qu'il nous faudra réclamer.

LA PRINCESSE MARIA, à Médina.

Alors je ne suis plus que votre prisonnière?

LE DUC DE MÉDINA.

Ainsi que moi, princesse, vous obéissez aux ordres du Roy, quels qu'ils soient, et c'est dans cette passive obéissance que nous plaçons notre honneur et notre gloire.

FARNÈSE.

Princesse, je vous en prie, toute résistance ne pourrait que nuire à vos projets.

LA PRINCESSE MARIA.

Allons, puisqu'il le faut, votre bras, amiral.

LE DUC DE MÉDINA.

Je vous suis tout dévoué, princesse.

LA PRINCESSE MARIA.

Oui, jusqu'à la consigne, toutefois.

LE DUC DE MÉDINA.

Bien entendu.

LA PRINCESSE MARIA.

Adieu donc, Jersey, je ne t'oublierai jamais, je n'ai connu qu'ici le bonheur véritable, l'indépendance de la pensée et des actions, la joie de ne plus être soumise à l'étiquette, la vie de l'esprit et la vie du cœur. Adieu, Jersey, je ne t'oublierai jamais.

Entre Paquita au bras de Peblo et Marthe.)

SCÈNE VI

LES MÊMES, PAQUITA, PEBLO, DAME MARTHE.

LA PRINCESSE MARIA.

Que veut dire ceci?

DAME MARTHE.

Il la trouvait trop belle et n'osait l'épouser, elle se déchirait le visage lorsque nous sommes accourus.

LE DUC DE MÉDINA.

Ah! c'est une héroïne et l'on doit l'honorer.

LA PRINCESSE MARIA.

Embrassez-moi, Paquita. (Septuor.) Adieu donc, Jersey, jamais, jamais, ne t'oublierai.

(Hadgy et Ignace sur un rocher de la falaise, observant sans être vus ce qui se passe dans le pavillon.)

HADGY.

Voilà qui dérange l'affaire,
Cet amiral et ces soldats
En ce lieu que viennent-ils faire,
Partent-ils, ne partent-ils pas?

(Finale. — Les adieux de Jersey.)

LA PRINCESSE MARIA.

Adieu, Jersey! noble demeure
Où j'ai passé mes meilleurs jours.
Il faut te quitter, et sur l'heure
Te quitter, hélas! pour toujours.
Sans contrainte, sans étiquette,
Je n'ai connu qu'ici la paix;
L'esprit, le cœur, étaient en fête.
Jersey, ne t'oublierai jamais.

(L'amiral offre son bras à la princesse.)

FIN DU TROISIÈME ACTE.

ACTE QUATRIÈME

PREMIER TABLEAU

LE CABINET DE PHILIPPE II

SCÈNE PREMIÈRE

PHILIPPE II, puis FARNÈSE, puis VALDÈS.

UN HUISSIER, annonçant.

Monseigneur Farnèse.

PHILIPPE II.

Sois le bienvenu, Farnèse, et ne crains rien.

(Farnèse s'incline.)

L'HUISSIER.

Monseigneur Valdès.

VALDÈS.

Sire, tous les membres du clergé espagnol qui ont adhéré à l'hérésie de Luther ont été condamnés à être brûlés vifs.

PHILIPPE II.

C'est très bien, et j'ordonne que l'autodafé soit célébré après-demain sur la place de Saint-François-d'Assise.

VALDÈS, apercevant Farnèse.

Farnèse! Je réclame l'accusé Farnèse au nom du saint-office. La justice doit être égale pour tous.

PHILIPPE II.

Je suis le seul juge de ma famille.

VALDÈS.

Le saint-père insiste pour qu'il soit exceptionnellement soumis à notre juridiction.

PHILIPPE II.

Je regrette d'être dans l'obligation de n'y point consentir, mais en réalité de quoi l'accusez-vous?

VALDÈS.

D'abord d'avoir insulté le corps des familiers du saint-office en la personne de frère Ignace que voilà.

(Ignace fait signe qu'il le jure.)

FARNÈSE.

J'ai déjà démontré que j'ignorais que je m'adressais à un familier, puisqu'il ne portait pas son costume et que je ne l'avais jamais vu.

VALDÈS.

Qu'importe !

PHILIPPE II.

Il importe tellement que j'écarte ce chef d'accusation. — Ensuite.

VALDÈS.

Ensuite, Farnèse a dit à la princesse Maria qu'il était partisan de la doctrine hérétique de Galilée.

FARNÈSE.

Je n'ai pas dit que j'étais convaincu, j'ai dit que j'étais illuminé.

VALDÈS.

Illuminé, enthousiasmé, convaincu, tout cela se tient.

PHILIPPE II.

Mais enfin, puisque vous avez absous Galilée lui-même, vous ne pouvez poursuivre ceux que sa doctrine a seulement troublés.

VALDÈS.

Galilée s'est rétracté.

PHILIPPE II.

Eh bien, Farnèse se rétractera.

VALDES.

Sire, vous avez dit : la paix et l'ordre seront assurés dans mes États à la seule condition du maintien de l'autorité du saint-siège (1) ; donc il serait dangereux que l'hérésie de Galilée s'appuyât sur l'autorité du neveu du roy d'Espagne, et plus dangereux encore que la puissance du saint-office fût mise en question à se sujet.

PHILIPPE II.

Si Farnèse est coupable, il sera puni par moi dans la mesure de sa faute, vous me connaissez, je suffis à ma tâche.

(1) Prescott, *Hist. de Philippe II*, préface, page XIII.

VALDÈS.

Alors, puisqu'il le faut, permettez-moi, sire, d'intervenir au nom du saint-père. — Il attache une telle importance au jugement du saint-office qu'il m'a fait remettre une bulle d'excommunication contre vous, si vous refusez d'accéder à sa demande.

PHILIPPE II.

Une bulle d'excommunication contre moi! allons donc, je vous défie de la publier; mais je suis votre plus ferme appui, vous me déclareriez la guerre, vous me forceriez à me joindre à vos ennemis, ce n'est pas sérieux.

VALDÈS.

Cela est tellement sérieux, sire, que j'ai ordre de ne vous accorder que trois jours pour obtenir de vous une réponse définitive.

PHILIPPE II.

Je suis plus généreux que vous, je vous en accorde huit pour cesser vos réclamations.

VALDÈS.

Vous réfléchirez, sire, vous réfléchirez.

(Valdès salue et sort.)

SCÈNE II

PHILIPPE II, FARNÈSE.

FARNÈSE.

Sire, je tombe à vos pieds, pénétré de reconnaissance — je suis et serai toujours à vous — et tôt ou tard je saurai vous en donner des preuves.

PHILIPPE II.

Je te tiens en grande estime, Farnèse, et j'ai voulu affirmer à propos de toi l'indépendance de l'autorité royale et sa supériorité sur l'autorité ecclésiastique.

FARNÈSE.

Eh bien, sire, mettez le comble à vos bontés, et accordez-moi la main de la princesse Maria.

PHILIPPE II, *étonné*.

La princesse Maria!

FARNÈSE.

Oui, sire, elle va venir vous déclarer dans un instant qu'elle partage ma passion et qu'il ne nous est plus possible de vivre l'un sans l'autre.

PHILIPPE II, furieux.

Elle t'aime, misérable! elle t'aime, traître! Ce n'est pas vrai!

FARNÈSE.

Sire!

PHILIPPE II.

Alors, par quels maléfices, par quels sortilèges es-tu parvenu à troubler cette âme candide et pure?

FARNÈSE.

Quoi, sire, vous me croyez capable de telles vilenies... je ne comprends pas.

PHILIPPE II.

Ah tu ne comprends pas! Eh bien tu vas comprendre.

(La porte s'ouvre, Valdès paraît.)

Valdès, Valdès, je vous le livre, faites-en bonne justice, et surtout... ne le ménagez pas

(Les familiers s'emparent de Farnèse.)

SCÈNE III

LA PRINCESSE MARIA, LES MÊMES.

LA PRINCESSE MARIA.

Arrêtez, sire, au nom du ciel, n'abandonnez pas Farnèse, je l'aime éperdument, et j'ai juré de vivre et de mourir pour lui : s'il doit mourir, je veux mourir aussi.

PHILIPPE II.

Ah ! vous l'aimez... vous l'aimez. (Aux familiers.) Obéissez.

(Les familiers entraînent Farnèse, la princesse Maria presque évanouie tombe sur un fauteuil.)

SCÈNE IV

PHILIPPE II, LA PRINCESSE MARIA.

(Un moment de silence pendant lequel Philippe II marche furieusement, puis il s'arrête.)

Maria, vous pouvez encore obtenir le pardon de Farnèse. Écoutez, écoutez-moi bien, car je me sens dominé par une passion dévorante.

Je puis faire prendre de force Farnèse au saint-office et l'envoyer commander un de mes corps d'armée du Brabant, avec défense de remettre jamais les pieds en Espagne, et braver ainsi la colère du saint-office et l'excommunication du pape.

Oui, je puis faire tout cela pour l'amour de vous, mais vous allez m'appartenir à l'instant même, entendez-vous, je le veux.

LA PRINCESSE MARIA, révoltée.

Ah ! sire, vous avez des amours singulières et des façons surprenantes de prouver votre tendresse à celle que vous aimez.

Oui, vous voulez qu'elle devienne un objet de scandale et de mépris, que votre peuple la montre du doigt, et qu'il n'y ait pas jusqu'à vos courtisans qui ne la traitent de courtisane.

PHILIPPE II.

Celui qui vous aurait manqué de respect... le payerait cher.

MARIA.

Qu'importe, un sourire, un accent, un geste, un mot aimable, tout devient une insulte aux yeux de la coupable.

Le marché que vous m'offrez, sire, est aussi indigne de moi que de vous et Farnèse me mépriserait tout autant que je me mépriserais moi-même si j'étais capable de l'accepter.

PHILIPPE II.

Ah!... vous me refusez... Eh bien... soit... ne reparaissez plus devant mes yeux.

(Il sort. — La princesse s'évanouit.)

FIN DU PREMIER TABLEAU DU QUATRIÈME ACTE.

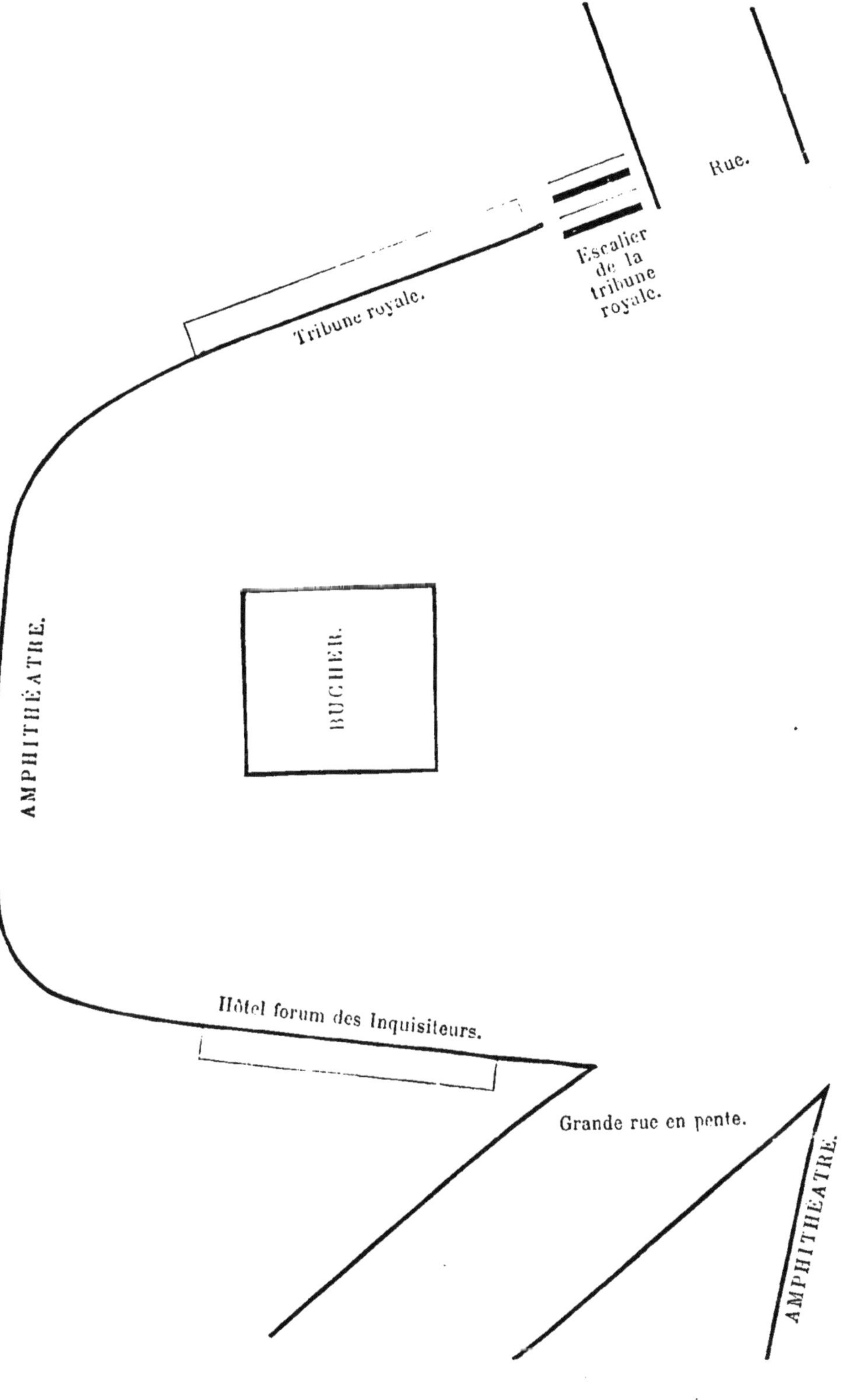
Rue.
Escalier de la tribune royale.
Tribune royale.
AMPHITHÉATRE.
BUCHER.
Hôtel forum des Inquisiteurs.
Grande rue en pente.
AMPHITHÉATRE.

SECOND TABLEAU

L'AUTODAFÉ

La grande place de Saint-François d'Assise, à Valladolid. — A droite, la tribune royale. — Premier plan, ouverture d'une rue par laquelle on descend de la tribune royale. — A gauche, en face la tribune royale, une plate-forme couverte d'un riche tapis et portant les sièges des inquisiteurs aux armes du saint-office. — Au premier plan, longue et large rue en pente et en travers par laquelle arrive le cortège. — Au fond et au tour, amphithéâtres bondés de peuple. — Au milieu, bûcher préparé pour l'autodafé.

SCÈNE PREMIÈRE

LE PEUPLE.

La belle fête! Quelle joie! Les hérétiques, les huguenots seront précipités dans ce bûcher enflammé et nous entendrons leurs cris de douleur, et nous verrons leurs chairs flamber et nous assisterons à leur agonie. Quelle joie! la belle fête! et comme Dieu doit être satisfait! et il nous pardonnera les péchés que nous avons commis, ainsi que ceux que nous commettrons dans l'avenir. La belle fête! et quelle joie de voir souffrir les hérétiques!

PREMIER HOMME DU PEUPLE.

On prétend qu'un seul juif sera brûlé.

DEUXIÈME HOMME DU PEUPLE.

C'est bien peu.

UN DOCTEUR.

Voilà la vérité. Luther avait pénétré le clergé espagnol, mais le saint-office veillait. Il a découvert et saisi les rebelles, et ce sont eux qui formeront le bouquet que nous allons offrir à la foi pour la féliciter de son triomphe, le juif n'en fait partie que pour attester que l'hérésie de Luther n'est qu'une sorte de judaïsme.

PREMIER HOMME DU PEUPLE.

Et en quoi ressemble-t-elle au judaïsme?

UN DOCTEUR.

En ce qu'elle place la raison humaine au-dessus de la foi de l'Église.

UN CONDAMNÉ, passant entre deux moines s'arrête.

Croyez-vous donc que Dieu nous ait donné la raison pour ne pas nous en servir?

LE DOCTEUR.

C'est pour ce genre de subtilité que tu vas être brûlé vif.

LE CONDAMNÉ.

Peut-être les brûleurs seront-ils brûlés aussi.

LE DOCTEUR.

Pauvre fou.

LE CONDAMNÉ.

Tu ne connais que l'injustice des hommes, tu connaîtras plus tard la justice de Dieu.

REPRISE DU CHŒUR.

La belle fête! Quelle joie! vive la foi, vive la foi!

(Grande sonnerie de cloches. — Arrivée, par la rue, du capitaine Peblo et de ses gardes qui vont prendre position dans la rue qui confine la tribune royale. — Entrée du cortège par la rue en travers. — Un corps de troupes pour ouvrir le passage et contenir le peuple. — Les magistrats de la cité. — L'ordre du clergé. — Les membres du tribunal du saint-office portant étendard cramoisi de damas, étalant d'un côté les armes de l'Inquisition et de l'autre les insignes de ses fondateurs : Sixte-Quint et Ferdinand le Catholique. — Nobles seigneurs à cheval. — Les familiers du saint-office. — Gentilshommes fiers de former la garde du saint-office. — Les condamnés, en chemise de pénitence, en sans-benito, gardés chacun par deux familiers et assistés de deux moines qui les exhortent à abjurer leurs erreurs. — Le public injurie les condamnés à leur passage. — Corps de troupes des gardes du Roy. — Le Roy Philippe II. — Valdès, ambassadeurs, supérieurs ecclésiastiques.)

UN CONDAMNÉ LUTHÉRIEN, se croisant avec le Juif.

Bon, la crédulité devient une vertu.

LE JUIF.

La foi aux contes bleus.

L'HOMME DU PEUPLE.

Serait-il vrai que le neveu du Roy ait été condamné?

LE DOCTEUR.

Il sera brûlé vif aujourd'hui. C'était un hérétique.

L'HOMME DU PEUPLE.

Comment, un huguenot ?

LE DOCTEUR.

Non, un hérétique, galiléen.

L'HOMME DU PEUPLE.

Qu'est-ce que la Galilée ?

LE DOCTEUR.

Une province romaine.

VALDÈS, se lève et prêche.

Le Seigneur a dit : « Quant à mes ennemis qui n'ont pas voulu me reconnaître pour Roy, qu'on les amène ici, et qu'on les tue en ma présence. » (Luc, XIX, 27.)

Réjouissez-vous, Seigneur; réjouissez-vous, Roy; réjouissez-vous, peuple; voici les ennemis de Dieu et nous allons les exterminer en sa présence.

(Le peuple applaudit avec fureur et crie : Vive le Roy! Vive la foi! — On promène les condamnés lentement devant le peuple.)

DON SESSO, condamné.

Ce bûcher me fait peur, moine.

LE MOINE.

Voudrais-tu l'éviter? Abjure tes erreurs, tes hérésies, renie ton passé, renie Luther et tu seras aussitôt libre, heureux et puissant.

DON SESSO.

Quand ma conscience me crie non, ma bouche ne peut prononcer oui.

LE MOINE.

L'homme ne ment-il pas chaque jour de sa vie?

DON SESSO.

Moine, il en est des uns et des autres. (Simplement.) Je suis des autres.

LE MOINE.

C'est une vanité.

DON SESSO.

Non, c'est une noblesse.

LE MOINE.

Qui te l'a dit?

DON SESSO.

La voix qui part de là.

LE MOINE.

C'est un feu follet qui égare le voyageur. (Montrant le bûcher.) Vois où Luther conduit.

DON SESSO, montrant le peuple.

Vois où conduit la foi, ce peuple ivre de sang, ce peuple d'assassins, ces démons du Midi!

LE MOINE.

Mais je prie pour toi.

DON SESSO.

Priez pour eux, mon père.

LE MOINE.

Moi, je prie pour tous, je prie le bon Dieu.

DON SESSO.

Ah! ne l'appelle pas le bon Dieu, je t'en prie. Le Dieu forgé par toi et fait à ton image se repaît de supplices et jouit des tourments; tu crois, tu crois lui plaire en me faisant souffrir, donc c'est un Dieu cruel que ton Dieu.

LE MOINE.

Tu blasphèmes.

DON SESSO.

Non, c'est toi qui blasphèmes (Montrant le bûcher.) et j'en mettrais ma main au feu quand tu voudras.

(Il marche.)

LE PEUPLE

Le juif! le juif!

LE JUIF.

Mon Dieu, puisque le monde n'est composé que de victimes et de bourreaux, je vous bénis d'avoir fait de moi une victime.

LE PEUPLE.

Le juif! le juif!

AUTRE CONDAMNÉ, s'arrêtant devant la tribune royale.

Épargne-moi le bûcher, grand Roy.

(Philippe II regarde Valdès,— Le peuple murmure, — Philippe II se lève.)

PHILIPPE II.

Tu vas te confesser d'abord.

LE CONDAMNÉ.

Oui, grand Roy!

PHILIPPE II.

Puis on t'étranglera vif et ton corps sera précipité dans les flammes.

LE CONDAMNÉ.

Merci de ta clémence, ô grand Roy — (Entre les dents.) et que Dieu te le rende à ton heure dernière.

VALDÈS.

Peuple qui m'écoutez, à genoux, et jurez solennellement de défendre l'inquisition, de maintenir la pureté de la foi, et de dénoncer quiconque s'en écarterait.

TOUS, à genoux.

Nous le jurons en présence de Dieu.

PHILIPPE II, se levant et tirant son épée.

Devant Dieu, je le jure.

LES CONDAMNÉS.

O peuple de bourreaux! Mais si Dieu était mêlé aux actions des hommes, croyez-vous donc qu'il assisterait impassible à l'assassinat d'un innocent et qu'il ne s'interposerait pas entre la victime et le meurtrier?

DON SESSO, s'arrêtant devant le Roy.

C'est donc ainsi, fils de Charles-Quint, que tu laisses persécuter tes sujets innocents de toute mauvaise action, et dont la pensée est seulement en désaccord avec la tienne.

PHILIPPE II.

Fût-ce même mon propre fils, j'apporterais le bois pour le brûler s'il était un misérable tel que toi.

(Le peuple applaudit avec rage.)

DON SESSO.

Bien, tu me reverras dans tes nuits d'insomnie.

FARNÈSE, s'inclinant devant le Roy.

Que votre volonté s'accomplisse, sire, je n'ai rien à me reprocher, et je meurs en soldat fidèle, victime d'une erreur.

PHILIPPE II.

Va-t'en! Va-t'en! Ta vue me fait mal.

VALDÈS.

Ce n'est que votre neveu, sire, l'Église est votre mère. On ne doit pas souffrir lorsque la foi triomphe, et l'on doit exulter.

(Les condamnés montent sur le bûcher, le Roy allume de sa main le bûcher, les flammes entourent les condamnés, les cris des exécuteurs se confondent avec les cris de triomphe de toute l'assistance.)

FIN DU QUATRIÈME ACTE.

ACTE CINQUIÈME

L'ESCURIAL
LES TOMBEAUX DES REINES D'ESPAGNE

SCÈNE PREMIÈRE

(La princesse à demi étendue par terre auprès du tombeau de sa mère. — Dame Marthe à genoux. — Messe et prière. — Chœur de moines.)

DAME MARTHE, à demi-voix.

Princesse, de grâce, revenez à vous, ou du moins reprenez des forces afin de supporter vos souffrances.

LA PRINCESSE MARIA.

Farnèse !

DAME MARTHE.

Il fait un froid glacial, et vous n'avez rien pris de toute la journée. — Au nom du ciel, princesse, laissez-moi vous faire reconduire à votre palais.

LA PRINCESSE MARIA.

Farnèse !

(Entre Philippe II.)

SCÈNE II

LES MÊMES, PHILIPPE II.

PHILIPPE II, à dame Marthe.

Où donc est la princesse ?

DAME MARTHE, lui montrant la princesse.

Sire, elle va mourir si vous ne la sauvez : elle refuse toute nourriture et les hallucinations se sont déjà emparées de son cerveau en délire.

PHILIPPE II.

Sois tranquille, ce n'est qu'un moment à passer, je vais changer le cours de ses idées. — Maria. Maria, relevez-vous.

LA PRINCESSE MARIA.

Je ne le puis. (Elle se soulève et retombe.)

PHILIPPE II.

Allons, Maria, de hautes destinées vous sont réservées. Écoutez-moi, écoutez-moi, Maria, et regardez-moi. Je vous ai toujours aimée et cependant je ne vous en ai jamais rien dit. Le devoir, puis la politique m'en ont toujours empêché. Mais vous étiez la seule de ma cour qui exerciez quelque influence sur moi, et je ne vous ai jamais rien refusé.

LA PRINCESSE MARIA.

Si ce n'est la grâce d'un condamné.

PHILIPPE II.

Soit, n'importe : aujourd'hui je suis libre et je puis enfin vous dire que je ne pense qu'à vous et que c'est une couronne royale que je veux vous offrir.

LA PRINCESSE MARIA.

Et voulant faire de moi la reine de l'Espagne, vous avez commencé par faire de moi votre prisonnière à Jersey.

PHILIPPE II.

Mais il le fallait bien, vous n'obéissiez pas.

LA PRINCESSE MARIA.

Et alors, jaloux de Farnèse, vous l'avez livré à ses bourreaux.

PHILIPPE II.

Non: pour sauver son corps j'allais perdre mon âme, mais Farnèse était devenu un danger pour l'Église, il fallait étouffer dans son œuf l'hérésie. Obligé de choisir entre Farnèse et la foi, j'ai dû l'abandonner.

LA PRINCESSE MARIA.

Non, tu l'as fait mourir par basse jalousie, il était innocent. Farnèse est mort pour moi.

PHILIPPE II, avec la brutalité d'un fauve.

Qu'importe, ta douleur te rend plus belle encore, et tu vas me donner, sinon ton amour, du moins ta soumission.

LA PRINCESSE MARIA.

Ah! tu veux m'épouser et tu crois me séduire par cette couronne de reine que tu agites devant mes yeux. Eh bien! regarde, regarde, une ombre plane au-dessus du tombeau de Marie Tudor. Cette ombre me fait signe. (Elle met le doigt sur la bouche.) Prends garde, prends garde, non, non. (Elle fait le geste en avançant sur Philippe qui recule.) Et maintenant regarde au-dessus du tombeau de ta seconde femme. Aperçois-tu l'ombre d'Élisabeth; prends garde, prends garde, non, non. (Elle fait les gestes et avance sur Philippe qui recule encore.) Et voilà sur le tombeau de Marie de Portugal une ombre qui me dit aussi : d'abord, prends garde, prends garde, puis, non, non. Que fais-tu donc ici, grand Roy, au milieu de ces ombres irritées, tu ne crains donc point de voir apparaître aussi l'ombre de don Carlos, l'ombre de don Juan d'Autriche, l'ombre de Farnèse?

PHILIPPE II, avançant sur Maria.

Ah! c'en est trop.

LA PRINCESSE MARIA, l'arrêtant.

Et pourtant... tu veux encore m'épouser, n'est-ce pas?

PHILIPPE II, après un silence, la regarde, puis, emporté par la passion.

Eh bien!... oui.

LA PRINCESSE MARIA.

Cent fois plutôt la mort. (Elle se frappe au cœur, chancelle et tombe dans les bras de Marthe qui accourt.)

FIN.

IMPie Ve P. LAROUSSE & Cie
PARIS
RUE
MONTPARNASSE
19
PARIS

www.ingramcontent.com/pod-product-compliance
Ingram Content Group UK Ltd.
Pitfield, Milton Keynes, MK11 3LW, UK
UKHW020329250726
13967UKWH00004B/1941

9 782013 053525